¡Quiero una MASCOTA!

Para Celia.
C.M.

Para Digby.
A.McA.

© del texto: Angela McAllister, 2005

© de las ilustraciones: Charlotte Middleton, 2005

Publicado con el acuerdo de Simon and Schuster, Ltd., Reino Unido

Título original: MONSTER!

© EDITORIAL JUVENTUD, S. A. 2006

Provença, 101 - 08029 Barcelona

info@editorialjuventud.es

www.editorialjuventud.es

Traducción castellana de Christiane Reyes Scheurer

Primera edición, 2006

Depósito legal: B. 13.384-2006

Núm. de edición de E. J.: 10.793

Printed in Spain

Grafilur, Avda. Cervantes, 51 - 48970 Basauri (Bizcaia)

ISBN-10: 84-261-3531-5

ISBN-13: 978-84-261-3531-5

¡Quiero una MASCOTA!

Angela McAllister • Charlotte Middleton

EDITORIAL JUVENTUD

Diego no paraba de pedir una mascota a sus papás:
—¡Quiero una mascota! ¡Tengo que tener
una mascota! ¡Necesito una mascota!
¡Todo el mundo tiene una mascota!
¿Por favooooor?

-Busca un gusano en el jardín... -decía su papá.

-¿Por qué no traes a casa el conejo de la clase este fin de semana? -sugería su mamá.

–¡**Nooo**! –decía Diego–.

No quiero un gusano, ni un conejo de fin

de semana, quiero una mascota **grande**,

impresionante y sólo mía. ¡Sería tan extraordinario,

tan **fabuloso**!

Papá le compró un hámster a Diego.

-Es todo tuyo, así que cuídalo.

-Prométeme que le darás mucha comida y agua fresca -dijo mamá-. Y procurarás que haga ejercicio todos los días. Y debes limpiar su jaula cada sábado.

-Lo prometo -dijo Diego de mala gana.

Diego le puso al hámster el nombre de "Monstruo". Intentó enseñarle que fuera a buscar un palito, pero Monstruo no se movía.

Diego intentó enseñarle a trepar por un árbol, pero Monstruo se quedaba allí sentado.

Diego incluso le enseñó cómo rugir:

Pero Monstruo se escondía en su lecho, y no quería salir aunque le mostrara un hueso.

El sábado, Diego olvidó limpiar la jaula de Monstruo.

Después, olvidó cambiarle el agua.

Con lo que consiguió ahorrar durante la semana,
Diego se compró un monopatín de segunda mano
en la feria del colegio. Y olvidó por completo
darle de comer a Monstruo.

Abajo,
en el cobertizo,
Monstruo estaba
aburrido y solo.

Empezó a sentir
hambre.

Arriba, en su habitación,
Diego se preparaba
para ir a dormir.

Monstruo mordisqueó
el pestillo de su jaula,
empujó la puerta y saltó
dentro del saco de la comida
para hámsters.

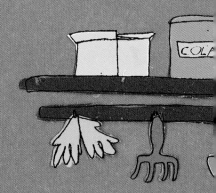

Cuando acabó
toda la comida,
se fue a explorar
el jardín...

... Diego estaba ocupado haciendo acrobacias con el monopatín y ni siquiera se dio cuenta de que Monstruo se estaba convirtiendo en un animal **enorme** y **fabulosamente increíble**...

Hasta que se encontraron frente a frente.

–¡**Uah!** ¡Ésta es la clase de mascota que quiero!

–¡Bueno! –suspiró mamá–. Prométeme que cuidarás de él. Necesita mucha comida, agua fresca, y ejercicio cada día. Y limpieza todos los sábados.

—¡Lo prometo! —dijo Monstruo.

Monstruo se llevó a Diego a su madriguera. Monstruo intentó enseñarle a Diego a almacenar la comida en sus cachetes. Intentó enseñarle a correr dentro de la rueda.

Monstruo incluso le enseñó a Diego cómo se construía un nido, pero Diego se metió dentro de un gran tiesto y no quería salir, aunque le mostrara un hueso.

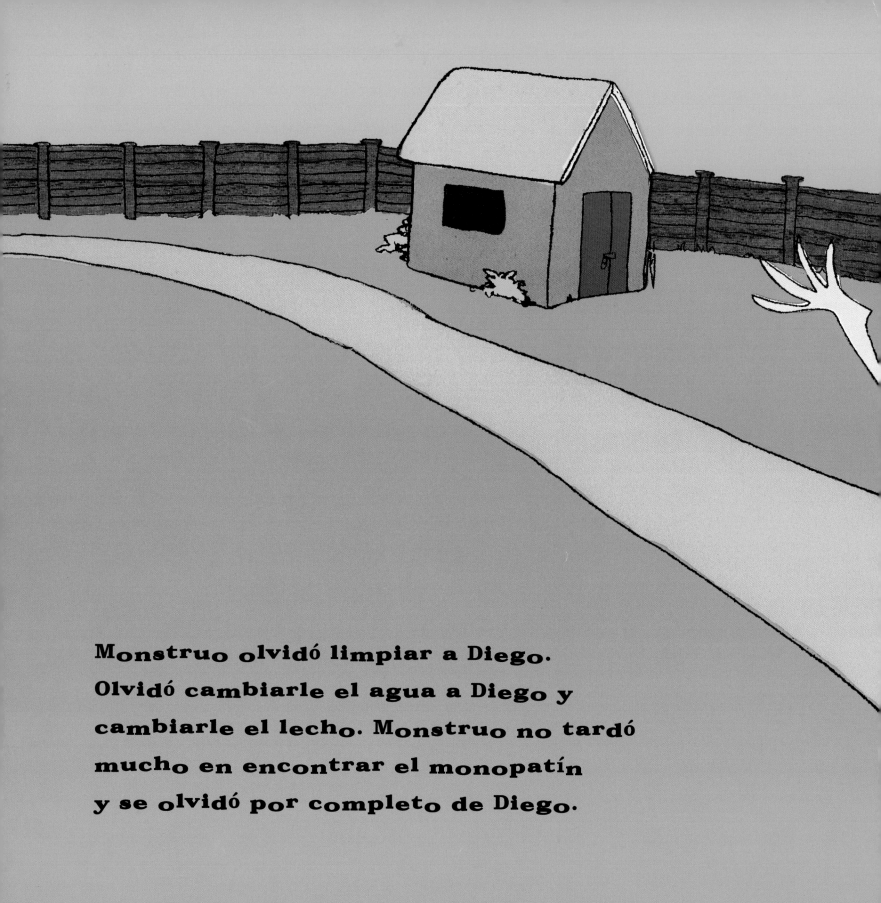

Monstruo olvidó limpiar a Diego.
Olvidó cambiarle el agua a Diego y
cambiarle el lecho. Monstruo no tardó
mucho en encontrar el monopatín
y se olvidó por completo de Diego.

En el cobertizo del
jardín, Diego estaba
aburrido y solo.

Empezó a tener
hambre. Entonces
oyó una voz.

–¡A desayunar! –gritó su mamá.
Diego empujó la puerta para salir
de la guarida de Monstruo y...

... ¡se cayó de la cama!

Diego corrió escaleras
abajo pero no se detuvo
a desayunar.

Corrió hasta
el cobertizo.

Diego cogió a Monstruo y le dio la comida.

–A partir de ahora, te voy a llamar "Peluso" –dijo.

Peluso miró a Diego y le contestó
con un chillido de contento.